AF314217

12 Avril 1907

VENTE

DES

Vendredi 12 et Samedi 13 Avril 1907

HOTEL DROUOT — SALLE N° 1

A 2 HEURES

MOBILIER ARTISTIQUE

Européen et de l'Extrême-Orient

TABLEAUX, DESSINS GRAVURES

TENTURES BRODÉES

appartenant à M. X⁜

OBJETS D'ART ET D'AMEUBLEMENT

SCULPTURES

appartenant à Divers

Mᵉ LAIR-DUBREUIL, Commissaire-Priseur.

M. Arthur BLOCHE, Expert près la Cour d'Appel.

CATALOGUE

DU

MOBILIER ARTISTIQUE

Européen et de l'Extrême-Orient

BRONZES, ÉMAUX CLOISONNÉS, SCULPTURES

Porcelaines de Chine, du Japon, de l'Inde, de Saxe
de Vienne et de Paris

ORFÉVRERIE - LAQUES - IVOIRES

Tableaux - Dessins - Gravures

SALON CHINOIS

en Bois sculpté et doré et en Bois de fer

AUTRE SALON EN TAPISSERIE D'AUBUSSON DE STYLE LOUIS XVI

Bureaux, Commodes, Vitrines, Tables, Glaces, etc.
Anciens et de Style

RICHES TENTURES BRODÉES

Le tout appartenant à M. X...

OBJETS D'ART & D'AMEUBLEMENT

SCULPTURES

appartenant à divers

DONT LA VENTE AUX ENCHÈRES PUBLIQUES AURA LIEU

HOTEL DROUOT — SALLE N° 1

Les Vendredi 12 et Samedi 13 Avril 1907

A 2 HEURES

Mᵉ F. LAIR DUBREUIL	**M. Arthur BLOCHE**
COMMISSAIRE-PRISEUR	EXPERT PRÈS LA COUR D'APPEL
6, Rue Favart, 6	*52, Rue de Châteaudun, 52*

EXPOSITION PUBLIQUE

Le Jeudi 11 Avril 1907, de 2 heures à 6 heures

DÉSIGNATION

TABLEAUX, DESSINS, AQUARELLES

BERGHEM (Ecole de)

1 — Berger surveillant son troupeau dispersé dans un paysage montagneux.

BLARENBERG (Ecole de Van)

2 — Paysage montagneux animé de figures au bord d'un lac.

3 — Paysage traversé par un cours d'eau animé de personnages.

BOULANGER

4 — Femme assise au pied d'un rocher.

Dessin.

BREUGHEL (Attribué à)

5 — Paysage accidenté, au bord de la mer, animé de personnages.

6 — Paysage avec rocher et figure d'ermite au premier plan.

CAMAREYT

7 — La Marchande de poissons.

CHARDIN

8 — Vaches au bord d'un ruisseau sous bois.

CICERI (Attribué à)

9 — Paysage avec figures.

CLESINGER (Julius)

10 — Lézard surprenant un nid.

DUJARDIN (Attribué à Carle)

11 — Chevaux à l'abreuvoir.

FRANTZ

12 — Environs du Lido.

Aquarelle.

13 — Un Coin de Venise.

Aquarelle.

14 — Vue de Venise.

Aquarelle.

GEORGES

15 — Le Lac du Bourget.

GERBAULT

16 — Les Propos galants.

Dessin aquarellé.

HERNANDEZ (Attribué à)

17 — La Princesse Florentine.

Aquarelle.

HUOT

18 — La Cascade.

Fusain.

KUWASSEG

19 — Ville au bord d'une rivière, paysage montagneux en perspective.

LANGEROCK

20 — Jeune seigneur en costume Louis XIII lisant.

LE POITEVIN (Eugène)

21 — La Bénédiction des bateaux.

Dessin.

MASSON (B.)

22 — Bœufs au pâturage sous la garde de deux petits
paysans assis.

MIGNARD (Attribué à)

23 -- Portrait présumé de Mademoiselle de Lava-
lière en robe de cour, parée de perles.

NOEL (Jules)

24 — Une Place publique en Bretagne.
Aquarelle.

PANINI (Attribué à)

25 — Intérieur d'église avec nombreux personnages.

26 — Palais en ruines avec personnages.
Deux pendants.

ROSA (Ecole de Salvator)

27 — Berger et animaux dans un paysage, avec tour
en perspective.

28 — Troupeau d'animaux et vieux berger dans un
paysage.

SAMFELT

29 — La Fête des Loges.

SELLIER

3o — La Darse de Monaco.

ÉCOLE ALLEMANDE

3ı — Trois sujets allégoriques : la Nativité, la Présentation d'une reine à un roi, un Tributaire devant son souverain, dans un cadre en bois noir avec peinture.

ÉCOLE ANCIENNE

32 — Saint Jean dans le désert.

33 — L'Arrivée du marchand boucher.

34 — Le Retour de la pêche.

ÉCOLE FLAMANDE

35 — Portrait de grande dame en Diane chasseresse.
Peinture sur cuivre.

36 — Paysage accidenté animé de figures, arrosé par un fleuve.

37 — Paysage avec figures, traversé par une rivière.

ÉCOLE FRANÇAISE

38 — Nymphe et amour surpris par un faune.

39 — Troupeaux de moutons sous la surveillance de leurs bergers.

ÉCOLE ITALIENNE

40 — Cinq personnages : saints et saintes.

> Peinture sur cuivre.
> Cadre bois sculpté.

41 — Portraits de saints.

> Quatre panneaux à fond d'or.

42 — Sainte Juliane et saint Pierre.

ÉCOLE MODERNE

43 — Jeune femme assise regardant des dessins.

44 — Jeune fille assise dressant un chat.

> Aquarelle.

45 — Femme en costume Louis XIII regardant des dessins.

46 — L'Adoration du soleil levant et l'Adoration du soleil couchant.

> Deux grands panneaux décoratifs.
> Souvenir des bords du Gange.

47 — Vaches et bœufs au pâturage.

48 — L'Etable aux porcs.

GRAVURES, ESTAMPES

DUCHANGE (D'après)

49 — Le Monument à la mémoire de Richelieu.

DURER (D'après ALBERT)

50 — Sainte famille au pied de la croix et la Vierge et l'Enfant.

51 — Amazone et fauconnier.

52 — Le Porte-étendard.

GRAVE (D'après de)

53 — L'enlèvement de Déjanire, sirène et petits tritons.

54 — Seigneur et châtelaine.

55 — La Résurrection, la Concorde et la Fortune.

Trois gravures dans un même cadre.

LEMOINE (D'après)

56 — Les Divertissements champêtres.

Deux estampes dans un même cadre.

PIQUARD (D'après)

57 — L'Apothéose de Law.

POUSSIN (D'après)

58 — La Descente de croix.

REMBRANDT (D'après)

59 — L'Amateur d'art.

VAN DYCK (D'après)

60 — Le Christ en croix.

VAN LOO (D'après)

61 — Portrait de Stanislas Ier, roi de Pologne.
Gravure.

ÉCOLE FRANÇAISE

62 — Portrait d'un écrivain du xviiie siècle.

63 — Portrait de Matias Roder.
Gravures.

ÉCOLE HOLLANDAISE

64 — Anier au repos.

65 — Pièce en couleurs représentant Madame Vigée-
Lebrun et sa fille.

BRONZES EUROPÉENS & DE CHINE

ÉMAUX CLOISONNÉS

66 — Garniture de cheminée en bronze ciselé et doré composée d'une pendule forme monument, couronnée par une urne avec draperie, offrant sur la façade des rinceaux enguirlandés de fleurs et des carquois remplis de flèches et de deux candélabres à groupes de Flore et zéphirs dansant et portant des bouquets à huit lumières disposés pour l'électricité. Style Louis XVI de la maison **Lerolle** frères.

67 — Garniture de foyer : chenêts et pare-étincelles, porte-pelles et pincettes en bronze, style xviiie siècle.

68 — Garniture de cheminée en bronze ciselé et doré composée d'une pendule : le Char de Vénus traîné par des colombes et accompagnée de l'amour, de deux candélabres à statuettes d'amours portant des bouquets à trois branches. Style Louis XVI, de la maison Lerolle frères.

69 — Paire de flambeaux formés d'enfants debout en bronze doré sur socles en marbre blanc, style Louis XVI.

70 — Horloge formée d'un grand et beau vase en émail cloisonné de Chine à fond bleu turquoise, ornée de dragons et de branchages en bronze doré se détachant en haut-relief, cette horloge est suspendue dans un encadrement en bois de fer sculpté dessin à branches de chêne avec feuillages, fruits et animaux.

71 — Garniture de cheminée en ancien émail cloisonné de Chine fond bleu turquoise, décor en couleur composée d'un brûle-parfums, deux candélabres et deux cornets avec montures en bronze doré.

72 — Quatre jardinières forme barils en émail cloisonné de Chine fond bleu turquoise à fleurs en couleur, montées sur pieds en bronze à têtes d'éléphants.

73 — Paire de vases en émail cloisonné de Chine fond jaune impérial, cols fond bleu turquoise décor aux dragons, rosaces et entrelacs; montures en bronze à têtes d'éléphants.

74 — Lustre de style chinois en bronze fumé et frotté à seize lumières disposées pour l'électricité.

75 — Lustre à six lumières en bronze doré garni de cristaux.

76 — Lustre suspension en bronze doré, style Renaissance à six bougies, une lampe et trois lumières électriques.

77 — Deux lampadaires formés par des grands vases en émail cloisonné de la Chine, fond bleu turquoise avec dragons, oiseaux et animaux dans des paysages en émaux de couleur, montés sur supports à quatre pieds, têtes chimériques avec bouquets à seize lumières électriques en bronze fumé et frotté, style chinois.

78 — Bouteille à panse aplatie en ancien émail cloisonné de Chine, fond bleu turquoise, décor entrelacs fleuris, vases, feuillage avec brûle-parfums au centre, monture bronze doré.

79 — Brûle-parfums en bronze du Japon forme pentagonale avec branchages et papillons en relief, couvercle formé d'un groupe d'oiseaux sur rocher.

80 — Lanterne en bronze du Japon.

81 — Deux vases en émail peint de la Chine, fond
bleu turquoise à fleurs et feuillages et médaillons
à fleurs réservés sur fond blanc.

82 — Coupe en émail cloisonné de Chine, fond bleu
turquoise, décor en couleur, anses à têtes de
chimères, monture bronze doré.

83 — Deux perdrix en émail cloisonné de Chine,
formant flambeaux, monture en bronze doré.

84 — Plat en émail cloisonné du Japon, décor à
fleurs et papillons, encadré.

85 — Paire de vases en émail cloisonné de Chine,
forme côtelée, fond bleu turquoise à fleurs.

86 — Cassolette avec couvercle en cuivre émaillé,
décor de branchages. Travail indien.

87 — Pot à tabac en cuivre doré fond émaillé, dessin
gerbes de feuillages et arabesques.

88 — Petite coupe en bronze portée par trois tortues;
travail dans le goût chinois.

89 — Petit vase surbaissé en bronze noirci, décor
réservé et gravé ; travail dans le goût indien.

90 — Divinité égyptienne en bronze sur socle en
granit.

91 — Petit brûle-parfums en bronze poli sur socle
en bois de fer.

92 — Porte-pelles et pincettes avec accessoires en
cuivre.

93 — Eventail pare-étincelles en cuivre.

PORCELAINES

94 — Vase avec couvercle en ancienne porcelaine de
l'Inde, décor médaillons à personnages et paysages sur fond à dessins dorés.

95 — Cornet en porcelaine de Chine, décor à man-
darins et autres personnages dans des paysages.

96 — Vase cylindrique en porcelaine de Chine,
décor en relief avec bordure fond d'or à arabesques réservées en blanc.

97 — Deux tasses avec soucoupes en porcelaine de
Vienne, décor à sujets mythologiques et ornements. Style Premier Empire.

98 — Vase du Japon, décor à personnages.

99 — Coupe en porcelaine de Chine, décor à personnages, monture bronze.

100 — Groupe en porcelaine : personnage chinois
assis au milieu de six pots de fleurs.

101 — Douze soucoupes en ancienne porcelaine de
l'Inde et de Perse.

102 — Bouteille en porcelaine de Chine rouge haricot.

103 — Vase à quatre faces, fond blanc à décor d'or, d'oiseaux et branchages.

104 — Deux jardinières en porcelaine du Japon, décor à fleurs en polychrome.

105 — Deux grands vases en porcelaine de Chine décorés de fleurs et autres motifs en relief.

106 — Bol du Japon fond rouge, décor à personnages et au dragon.

107 — Deux petites chimères en blanc de Chine.

108 — Deux figurines en porcelaine teinte ivoire : Danseuses chinoises.

109 — Bouddha assis en porcelaine blanche.

110 — Petit baguier en porcelaine de Saxe, décor à fleurs.

111 — Groupe de cinq figures en porcelaine de Paris : Nymphes et Amours.

112 — Deux petits vases porcelaine anglaise, décor cachemire.

113 — Deux petits vases porcelaine, décor aquarium.

114 — Petit vase porcelaine anglaise, décor cachemire.

115 — Petite potiche porcelaine, décor genre cachemire.

116 — Vase en faïence barbotine, décor à fleurs et papillons.

117 — Groupe en poterie : Japonais attaqué par des singes.

SCULPTURES

118 — Deux bustes de jeunes filles : les Petites Rieuses en marbre blanc.

119 — Deux gaînes en simili marbre noire, avec appliques rouges.

120 — Aigle aux ailes éployées en bois sculpté et doré. Style Premier Empire.

121 — Huit appliques en bois sculpté et doré, formées par des cariatides de satyres portant des bouquets dont quatre à huit lumières et quatre à une lumière.

122 — Bas-relief en pierre de lard, représentant un paysage, cadre en bois de fer.

123 — Petit bas-relief ovale : Enfant et chèvre bois sculpté.

124 — Socle en bois sculpté de Chine.

125 — Frise en bois sculpté laqué d'or, à personnages dans des branchages. Travail chinois.

126 — Socle en bois sculpté chinois.

127 — Statuette de personnage assis en pierre de lard.

128 — Mandarin assis en pierre de lard.

129 — Deux vases en pierre de lard gravée, dessin paysages.

13o — Petite statuette de nymphe couchée en albâtre.

ORFÈVRERIE, IVOIRES, LAQUES

OBJETS DIVERS

131 — Vase cylindrique en argent martelé et ciselé.
Travail dans le goût chinois, de Fanière.

132 — Service filigrane d'argent composé d'un plateau, un sucrier, une cafetière et un vase.

133 — Plateau et seize porte-tasses en filigrane d'argent et quinze tasses en porcelaine fine.

134 — Jeu d'échecs en laque avec échecs rois et
reines, cavaliers en ivoire blanc et ivoire teinté
rouge.

135 — Petit cabinet en laque du Japon fond noir à
branchages, fleurs et oiseaux dorés.

136 — Deux petits cabinets en laque de Pékin, décor
à personnages.

137 — Collection de manches de couteaux en bois
sculpté dans une boîte en bois laqué.

138 — Boîte à jetons en laque et burgautée.

139 — Petite boîte à quatre faces en laque, ivoire et or.

140 — Grand instrument de musique laqué noir et or.

141 — Instrument de musique forme cithare dans sa boîte décorée de paysages.

142 — Bonbonnière ronde en laque de Pékin, décor à scènes chinoises et fleurs.

143 — Groupe de deux personnages : Marchande de coquillages en ivoire. Travail japonais.

144 — Petite boîte rectangulaire renfermant trois petites boîtes en laque aventurinée d'or du Japon

145 — Bonbonnière en émail aventuriné du Japon.

146 — Petit baguier en corne laquée, monture vannerie en métal japonais.

147 — Boîte en émail cloisonné et bois laqué.

148 — Coupe en agate bleue, monture en argent ciselé Travail de Fanière.

149 — Deux petits coffrets en agate d'Allemagne, monture cuivré.

150 — Couvert de voyage, manches en agate dans un étui en galuchat.

151 — Deux vases en porphyre de Suède avec couvercles surmontés de pommes de pin en bronze doré.

152 — Croix en nacre avec Christ en argent.

153 — Deux porte-bouquets forme canard en cristal doré.

154 — Porte-bouquet en cristal agatisé et doré.

155 — Deux petits vases en cristal, décor au paon émaillé.

156 — Flaçon cristal rouge, bouchon argent doré et émaillé.

157 — Presse-papiers avec écusson camée représentant Napoléon III, monture argent.

158 — Peinture sur métal à deux personnages avec cadre en fer incrusté.

159 — Quatre bas-reliefs ovales sur ivoire : portraits d'Henri VIII, Anna Bolaine, François II et Jeanne Semours.

160 — Plumier en ivoire sculpté. Travail chinois.

161 — Bonbonnière en racine de bois décorée d'attributs de la Franc-Maçonnerie et d'un ordre.

162 — Bonbonnière en écaille, dessus à nid d'oiseaux. Travail de plumes.

163 — Petite plaque en émail représentant des amours symbolisant l'Astronomie, cadre cuivre.

MEUBLES DE L'EXTREME-ORIENT

164 — Armoire à deux portes en bois sculpté et doré fond rouge laqué, offrant en bas-relief des scènes de combats sur la façade et sur les côtés encadrés de chauves-souris, d'oiseaux, de poissons, de dragons au milieu d'entrelacs. Travail chinois.

165 — Meuble à deux corps en bois sculpté et doré, fond rouge laqué. Travail chinois.

166 — Meuble cabinet posant sur socle en bois sculpté et doré laqué fond rouge ; ouvrant à deux portes. Même travail.

167 — Grand guéridon en bois sculpté et doré sur fond rouge, piétement à oiseaux de paradis dans des paysages, le dessus de l'entablement du pied et du guéridon en marqueterie de bois clair, représentant des scènes à nombreux personnages entourés de dragons. Travail chinois.

168 — Guéridon en bois sculpté sur pied triangulaire orné d'animaux fantastiques.

169 — Ameublement de salon composé d'un canapé et huit chaises et quatre tabourets de pieds en bois de fer sculpté, travail à jour représentant des branchages feuillagés entrelacés, couverts en satin rouge brodé à fleurs et papillons avec contrefond en satin gros bleu.

170 — Guéridon en bois de fer sculpté avec dessus en marbre.

171 — Grand paravent à six feuilles en bois de fer sculpté, dessin à oiseaux et branchages d'un côté et de l'autre orné de panneaux en broderie de soie, représentant des volatiles dans des paysages.

172 — Tabouret forme baril en bois de fer sculpté orné d'incrustations de nacre, dessus en marbre.

173 — Quatre chaises en bois laqué noir, rouge et or, dessus en satin bleu avec broderie à fleurs et oiseaux.

174 — Table rectangulaire en bronze, pieds simulant des bamboux, tablette d'entrejambes à rosaces et médaillons ciselés, dessus en émail cloisonné de Chine, fond bleu turquoise, représentant des objets décoratifs, vases, jardinières, fleurs et fruits en polychrome.

175 — Grande glace avec cadre couvert de satin rouge orné d'application de broderies aux dragons.

176 — Table rectangulaire en bois sculpté décoré de fruits et de feuillages. Travail chinois.

177 — Glace avec cadre en bois sculpté orné d'incrustations d'ivoire. Travail chinois.

178 — Porte à deux battants couvertes de satin de Chine brodé de soie de couleur sur fond gros bleu.

179 — Enveloppe de cheminée garnie de satin de Chine brodé de soie.

MEUBLES EUROPÉENS

180 — Ameublement de salon composé d'un canapé, quatre fauteuils et quatre chaises en bois sculpté et doré couvert en tapisserie d'Aubusson, dessin à vases fleuris, bouquets et gerbes, encadrées de guirlandes de fleurs sur fond blanc, contrefond rouge. Style Louis XVI.

181 — Vitrine à deux portes en bois de rose garni de bronzes, style Louis XIV, dessus en marbre.

182 — Console en bois sculpté et doré avec dessus en marbre. Style Louis XVI.

183 — Lit de milieu en noyer sculpté, dessin à coquilles et fleurs. Style Louis XV.

184-185 — Deux grandes glaces avec cadres doré à frontons et guirlandes de fleurs.

186 — Glace avec cadre pour trumeau en bois sculpté. Style Louis XVI.

187 — Thermomètre de chez De Ville, émailleur ordinaire du roi ainsi que l'indique une inscription ; avec cadre en bois sculpté à jour et doré.

188 — Table bureau en bois de rose garni de bronzes dorés. Style Louis XV.

189 — Commode à trois rangées de tiroirs en bois de rose et palissandre garnie de bronzes, dessus en marbre gris rosé. Epoque Louis XV.

190 — Vitrine plate sur table en bois d'acajou avec piétement à colonnettes.

TENTURES DE L'EXTRÊME-ORIENT

191 — Grand panneau en broderie de soie et d'or représentant Bouddha entouré des divinités chinoises, avec bordure offrant diverses scènes allégoriques à la légende de Bouddha. Travail ancien et intéressant, rapporté de la première expédition de Chine et provenant du Palais d'Eté.

192 — Deux grandes portières en satin gros bleu de Chine, richement brodées de dragons à cinq griffes en or, argent et soie, encadrés de fleurs et d'entrelacs, accompagnées de deux pentes en satin uni garnies de franges assorties.

193 — Deux décors de fenêtres composés de deux grands rideaux et deux pentes en satin gros bleu garni de franges avec draperies assorties.

194 — Six pièces draperies en satin gros bleu de Chine, brodées aux dragons.

195 — Tenture de salon composée de six panneaux de différentes grandeurs en satin rouge de Chine brodé de soie à petits personnages dans des paysages encadrés de satin gros bleu.

TENTURES EUROPÉENNES

196 — Portière en velours rouge ornée d'applications d'anciennes broderies à fleurs et rinceaux.

197 — Décor de fenêtre composé de deux grands rideaux, décor de lit composé de deux rideaux et d'un couvre-pieds, tenture murale composée de quatre panneaux en soie jaune épinglée à rayures et motifs brochés. Style Empire.

198 — Quatre panneaux tenture étoffe jaune satinée, dessin à œil de perdrix.

199 — Décor de grande baie composée d'une grande tenture, une portière et un long lambrequin à draperie en lampas, fond rose, ton sur ton.

OBJETS D'ART ET D'AMEUBLEMENT

TAPIS D'ORIENT. — FILET ANCIEN
APPARTENANT A DIVERS

SCULPTURES. — BRONZES

200 — Grande statue en marbre représentant une allégorie à la Vanité, sous les traits d'une jeune femme se regardant dans un miroir, sur socle en marbre.

201 — Statue en terre cuite grandeur nature représentant la princesse de Lamballe assise dans un fauteuil, la tête légèrement tournée vers la gauche, la coiffure haute ornée de guirlandes de fleurs et à longues boucles tombant sur les épaules, le corsage décolleté, avec fichu légèrement noué; dans sa main droite elle tient un éventail et dans sa main gauche elle tient négligemment une rose, attribuée au XVIIIe siècle.

202 — Tête d'enfant en marbre, par Corio.

203 — Rêveuse. Statuette en terre cuite, par Corio.

204 — Paire de vases ovoïdes en marbre de couleur,
décorés sur la panse de guirlandes de fleurs et de
nœuds de rubans, anses à serpents ; culots feuillagés en bronze doré.

205 — Petit savoyard jouant du biniou, bronze à
cire perdue, de Corio.

206 — Grand lustre à vingt-trois lumières en bronze
ciselé et doré. Style Régence, disposé pour
l'électricité.

207 — Paire d'appliques à quatre lumières en bronze
doré, de même style.

208 — Pendule en bronze, cadran surmonté d'une
figure d'homme protégeant une fillette ; socle en
marbre jaune de Sienne à ornements de bronze.

MEUBLES ANCIENS & DE STYLE

SIEGES

209 — Grande armoire en noyer sculpté ouvrant à deux vantaux décorés en relief de médaillons représentant les quatre Évangélistes, de croix de Saint-André et de têtes de chérubins. XVIIe siècle.

210 — Meuble à deux corps en marqueterie de bois, le haut forment vitrine, le bas garni de trois tiroirs à poignées de cuivre. Travail hollandais, XVIIIe siècle.

211 — Quatre chaises hollandaises en marqueterie de bois, XVIIIe siècle.

212 — Meuble à deux corps en marqueterie de bois, le haut ouvrant à deux portes, le bas garni de trois tiroirs à poignées de cuivre. Travail hollandais, XVIIIe siècle.

213 — Table rectangulaire en marqueterie de bois, à rinceaux et vases de fleurs, sur pieds tors reliés par un croisillon. Travail hollandais, XVIIe siècle.

214 — Paravent à cinq feuilles en bois de fer sculpté sur les deux faces. Travail chinois ancien.

215 — Décoration d'alcove en bois de fer sculpté sur les deux faces, composée de trois grands panneaux et de cinq petits.

216 — Deux tables à jeu de forme triangulaire à développement et pied mobile en marqueterie de bois. Travail hollandais, XVIIe siècle.

217 — Table de nuit en marqueterie de bois, même travail et même époque.

218 — Petite table sur quatre pieds en marqueterie de bois décor à vases de fleurs. Travail hollandais, XVIIe siècle.

219 — Table à jeu de même travail et de même époque.

220 — Paire de gaînes en acajou et palissandre richement ornées de bronzes dorés; pieds à griffes posant sur un socle garni de bronzes.

221 — Coiffeuse forme rognon en chêne sculpté, garnie de tiroirs sur les côtés, dessus en marbre onyx et surmontée d'un triptyque à glaces dans un encadrement en chêne sculpté. Style Louis XV.

222 — Table-bureau en bois noir sculpté et filets de cuivre, dessus de drap vert.

223 — Trois chaises en bois sculpté d'époque Régence garnies de canne.

224 — Table-bureau en acajou sur pieds cannelés. Style Louis XVI.

225 — Chaise-longue à oreillons en bois sculpté de style Louis XIV garnie en ancienne brocatelle à dessin vert sur fond d'or.

226 — Chaîne en bois sculpté de l'époque Louis XIV garnie de soie rouge.

227 — Petite chaise basse en bois sculpté, style Régence garnie de velours brun.

228 — Canapé, deux fauteuils et quatre chaises en bois sculpté et doré couverts en soie brochée à vases fleuris et enguirlandés sur fond rouge. Style Régence.

229 — Grand fauteuil à haut dossier en bois sculpté et doré couvert en velours dit de Gênes. Style Louis XIV.

230 — Meuble de salon en noyer sculpté parties dorées de style Louis XIV recouvert en velours dit de Gênes composé de sept pièces.

231 — Ecran en noyer feuille en velours brodé.

232 — Banquette bretonne en bois sculpté.

233 — Deux banquettes en bois sculpté et doré, garnies en damas rouge broché. Style Premier Empire.

234 — Canapé en bois doré style Louis XV, garni de canne.

235 — Deux fauteuils style Henri II garnis de velours et de bandes en tapisserie.

TENTURES, TAPIS D'ORIENT

FILET ANCIEN

236 — Très beau et grand tapis de Perse, fond jaune, dessin à petites rosaces sur médaillons à fond bleu et à entrelacs fleuris, bordure fond rouge et bleu à petits rinceaux et fleurs lobées. Travail attribué à la fin du XVIIIe siècle.

$6^m \times 4^m88$

237 — Quatre rideaux en soie rouge brochée à vases de fleurs et guirlandes et deux galeries dorées.

238 — Grande carpette orientale à dessin polychrome.

239 — Carpette orientale fond bleu à triple bordure rouge et verte.

240 à 243 — Quatre pièces en ancien filet : couvre-lits et chemins de table.